Jens Schumacher

Das Geheimnis der Goldgräberstadt

Der magische Stein

Band 10

Jens Schumacher

Das Geheimnis der Goldgräberstadt

Illustriert von Karin Schliehe und
Bernhard Mark

Der magische Stein

unipart

Jens Schumacher: Das Geheimnis der Goldgräberstadt
Unipart bei area

Autor: Jens Schumacher, www.jensschumacher.eu
Illustrationen: Karin Schliehe und Bernhard Mark;
www.schliehe-mark.de
Einbandgestaltung: agilmedien, Köln
Layout und Satz: Noch & Noch, Balve
Gesamtherstellung: area verlag gmbh, Erftstadt

Printed in Czech Republic 2007
ISBN 978-3-89996-631-2

www.area-verlag.de

Was bisher geschah

Eines Tages finden Maya und Jan an ihrem geheimen Treffpunkt eine Kette mit einem magischen Stein daran. Als Jan die Kette umlegt, versetzt der Stein die beiden viele Hundert Jahre in die Vergangenheit.

Dort erfahren sie, dass die Sieben Weisen von Atlantis sie dazu ausersehen haben, nach dem Untergang ihrer Insel mit dem magischen Stein durch die Zeit zu reisen und in ihrem Namen Gutes zu tun. Um zu beweisen, dass sie für diese wichtige Aufgabe geeignet sind, müssen Maya und Jan im Heiligen Tempel von Atlantis (Band 1) sowie im 17. Jahrhundert (Band 2) knifflige Prüfungen bestehen. Sie trotzen allen Gefahren –

auch dank der Mithilfe von Herkules, Mayas Nilpferdrucksack, der durch die Magie des Steins zum Leben erwacht ist! Am Ende dürfen sie den magischen Stein behalten und mit ihm reisen, wohin sie wollen.

Ihr erster selbst gewählter Ausflug führt Maya und Jan in die Steinzeit, wo sie einen Stamm freundlicher Höhlenmenschen vor einem schrecklichen Vulkanausbruch retten (Band 3).

Kaum wieder daheim, weist der magische Stein durch helles Leuchten auf einen Notfall hin. Wie sich herausstellt, hat der böse Magier Maldorius, ehemals ein erbitterter Gegner der Sieben Weisen, ebenfalls gelernt, durch die Zeit zu reisen. Mit seiner neuen Fähigkeit versucht er nun, sich die sagenhaften „Juwelen der Macht“ zu verschaffen – zauberkräftige Edelsteine, die einst den Sieben Weisen magische Kräfte schenkten. Mit ihrer Hilfe will Maldorius die Herrschaft über die Menschheit erringen!

Durch ihr mutiges Eingreifen verhindern Maya und Jan zuerst im alten Ägypten (Band 4), dann auf dem Grund des Ozeans (Band 5) und schließlich im London des 19. Jahrhunderts (Band 6), dass der böse Magier sein Ziel erreicht.

Als Nächstes unternehmen die beiden aus Spaß einen Ausflug in die Ritterzeit (Band 7). Dort kommen sie alsbald einem geplanten Mordanschlag auf den König von England auf die Schliche – was sie im letzten Augenblick verhindern können.

Bei ihrer darauf folgenden Zeitreise wählen Maya und Jan erstmals nicht die

Vergangenheit als Ziel: Sie springen 1 000 Jahre in die Zukunft, wo ein allmächtiger Supercomputer versucht, die Erdbevölkerung zu versklaven (Band 8). Es gelingt ihnen, die Maschine auszutricksen und dafür zu sorgen, dass sie sich abschaltet.

Auch ihren nächsten Einsatz, diesmal wieder im Auftrag des magischen Steins, bewältigen Maya und Jan erfolgreich: Im alten Rom wollen Maldorius und sein Gehilfe Pontus Mapex den Herrscher des Römischen Reiches, Julius Cäsar, ausschalten (Band 9). Die beiden haben es auf ein einzelnes Stück der Juwelen der Macht abgesehen, das sich in Cäsars Schatzkammer befinden soll. Zwar gelingt es Maya und Jan, einen drohenden Anschlag auf den Herrscher abzuwenden, sie können jedoch nicht verhindern, dass Pontus Mapex das Juwel erbeutet und flieht!

Zurück in ihrer Zeit, rechnen sie daher tagtäglich damit, dass der magische Stein sie erneut alarmiert …

Donner und Blitz

Es donnerte, als Maya das Gebüsch beiseite schob und den geheimen Hof betrat.

Wie ein riesiges, wütendes Tier knurrte das Unwetter in der Ferne. Dicke Wolken verdunkelten den Himmel, der bis vor wenigen Minuten noch strahlend blau gewesen war. Maya richtete ihren Blick nach oben. In dem dreieckigen Himmelsausschnitt, den die windschiefen Häuser hoch über ihrem Kopf freiließen, waren nur schwere, graue Wattebäusche zu erkennen. Die Luft war feucht und drückend.

„Sieht nicht gut aus, was?", bemerkte da eine Stimme ganz in ihrer Nähe. Maya sah sich um und entdeckte eine schlanke Gestalt, etwa einen Kopf größer als sie selbst, die in der Mitte des Hofes hinter dem kleinen Baum hervorkam.

Es war Jan.

„Lass uns machen, dass wir hier wegkommen", schlug er vor. „In einer anderen Zeit ist bestimmt besseres Wetter!"

Maya nickte schmunzelnd und ging zu ihm hinüber. Sie hatten sich an ihrem geheimen Treffpunkt verabredet, um mit dem magischen Stein einen Ausflug durch die Zeit zu unternehmen – und wenn sie dabei nicht nass werden wollten, mussten sie sich tatsächlich beeilen!

Wie um Jans Worten Nachdruck zu verleihen, blitzte es plötzlich. Grollender Donner folgte.

„Wie ich sehe, ist Herkules wieder einsatzbereit", stellte Jan fest und deutete auf Mayas Nilpferdrucksack, ihren ständigen Begleiter. Ihr letztes Abenteuer im alten Rom hatte Herkules wegen einer aufgeplatzten Naht mit einem gelben Flicken auf dem Hinterteil bestreiten müssen. Mittlerweile sah er jedoch wieder aus wie immer.

„Meine Mutter hat die Naht gestopft", gab Maya Auskunft. Sie bildete mit den Händen eine Räuberleiter, damit Jan den magischen Stein aus seinem Versteck im Astloch des Baumes holen konnte. Ein einzelner Regentropfen zerplatzte auf ihrer Nasenspitze. „Beeilung, es wird feucht!", rief sie. „Hast du dir schon überlegt, wohin wir …?"

„Das brauchen wir nicht mehr", unterbrach Jan und sprang zu Boden. „Schau!"

Er hielt das Amulett mit dem magischen Stein an seiner goldenen Kette in die Luft. Sofort sah Maya das warme, pulsierende Leuchten, das er ausstrahlte.

„Das war ja abzusehen – so, wie unser letztes Abenteuer im alten Rom geendet hat", erinnerte sie sich seuf-

zend. „Pontus Mapex konnte mit der Krone entkommen, die mit einem Stein von den Juwelen der Macht verziert war. In den Händen von Maldorius, seinem Herrn und Meister, stellt dieser Edelstein eine gefährliche Waffe dar. Folglich war es nur eine Frage der Zeit, bis wir losgeschickt würden – um ihn Maldorius wieder abzujagen!"

Es donnerte erneut, diesmal in ohrenbetäubender Lautstärke.

„Du könntest Recht haben", murmelte Jan und wischte sich Regentropfen aus dem Gesicht. „Aber glaubst du, unser magischer Stein funktioniert auch bei Gewitter?"

Maya stellte sich dicht neben ihn und ergriff seine Hand. „Seine Magie hat bisher unter allen nur denkbaren Bedingungen funktioniert – in den Tiefen ägyptischer Gräber, auf hoher See und in der fernen, computergesteuerten Zukunft. Da wird ihn ja wohl ein simples Gewitter nicht wirklich stören, oder?"

Jan nickte und legte sich die Kette mit dem magischen Stein um den Hals.

Für einige Sekunden standen sie abwartend da, während immer mehr Regentropfen in den schmalen Hof und auf ihre Köpfe prasselten. Dann wurde das rote Licht aus dem Amulett schlagartig heller. Es strahlte immer stärker, bis jeder einzelne Regentropfen ringsum rot zu glitzern begann und es aussah, als regne es Erdbeermarmelade.

Schließlich brandete eine dicke Welle aus purem Licht aus dem Stein hervor, hüllte Maya und Jan ein – und sie waren weg!

Die Geisterstadt

Grollender Donner und pfeifender Wind empfingen Maya und Jan, kaum dass sie wieder etwas erkennen konnten.

„Na, das hat ja *super* geklappt“, bemerkte Maya mit einem schiefen Grinsen. „Wie war das noch? ‚In einer anderen Zeit ist bestimmt besseres Wetter …‘“

Jan erwiderte nichts und sah sich zähneknirschend um. Unter einem düsteren, wolkenverhangenen Himmel erstreckte sich vor ihnen eine sandige Straße. Alte, halb verfallene Holzgebäude säumten sie auf beiden Seiten. Wo die Häuser einst Fenster und Türen gehabt hatten, gähnten schwarze Löcher. Ihre Wände waren so verrottet, dass man an vielen Stellen bis ins Innere schauen konnte.

Über einem Laden hing ein schiefes Schild mit der Aufschrift „Saloon". An der offen im Wind klappernden Tür eines anderen stand „Windy Point Bank – geschlossen".

Die Ortschaft bestand aus kaum mehr als einigen Dutzend Gebäuden. Hinter den letzten wand sich die Hauptstraße in weiten Kurven davon, einen

Hang hinauf und in Richtung eines nahen Bergmassivs.

Es donnerte noch einmal. Schwere Regentropfen klatschten in den Staub der Straße. Maya nahm Jan den magischen Stein aus der Hand und steckte ihn in Herkules' Bauch. Dann deutete sie auf eine der Bretterbuden. „Lass uns in diesem alten Schuppen Unterschlupf suchen, bevor das Unwetter richtig losgeht."

Sie eilten über die Straße, huschten durch den offenen Eingang und betraten einen ehemaligen Stall. Im Halbdunkel waren einige zerfallene Pferdeboxen sowie Haufen verrotteten Strohs zu erkennen.

In diesem Moment blitzte es draußen grell auf. Fast in derselben Sekunde ertönte ein furchtbarer Donnerschlag direkt über ihnen. Prasselnder Regen setzte ein.

Maya und Jan merkten bald, dass die Wahl ihres Unterschlupfes nicht sonderlich klug gewesen war: Durch

unzählige Löcher im Dach drang Wasser in den Stall – es war fast, als stünden sie im Freien. Jan entdeckte einen Stapel alter Pferdedecken. Obwohl sie entsetzlich muffig rochen, hängten Maya und er sich jeweils eine über die Schultern, um nicht völlig durchnässt zu werden.

Sie warteten.

„Hast du eine Ahnung, wo wir gelandet sein könnten?", erkundigte sich Jan, als der Regen nach einer Weile allmählich nachließ. Durch die Löcher im Dach drang zunehmend Licht herein. „Und was wir hier sollen?"

„Na, ich nehme an, dass unser Auftrag irgendetwas mit der Krone zu tun hat, die Pontus Mapex im alten Rom gestohlen hat", entgegnete Maya. „Und zu deiner ersten Frage: Diese Siedlung hier sieht ein bisschen wie eine amerikanische Wildweststadt aus, finde ich. Hast du das Schild mit der Aufschrift ‚Saloon' gesehen? Vielleicht …"

„Pfui Deibel, was ist denn das für ein Mief?!", meldete sich da unvermittelt eine dritte Stimme zu Wort. Sie war hoch und quiekend und kam aus Mayas Pferdedecke. Auf ihrem Rücken begann es zu zucken und zu strampeln, dann schob sich eine dicke, runde Nase unter der Decke hervor. „Puh, endlich Luft! Was ist das bloß für ein ekliger Lappen?"

„Hallo, Herkules", sagte Jan fröhlich. Er hatte sich schon gewundert, dass das Stoffnilpferd mit seinen Kommentaren so lange auf sich warten ließ. Immerhin steckte der magische Stein bereits eine ganze Weile in seinem dunklen Bauch, um sich dort aufzuladen. Und wie immer gab er dabei einiges an magischer Energie ab, was den Nilpferdrucksack lebendig werden ließ.

Herkules blickte sich um und rümpfte die Nase. „Wo sind wir denn hier?", erkundigte er sich. „Ich nehme an, ihr habt euch wie üblich eine total uninteressante, gefährliche und nervige Zeit als Reiseziel gewählt?"

„Der magische Stein hat sie für uns ausgesucht", erklärte Jan. „Aber wohin wärst *du* denn gereist?"

„Was weiß ich? Vielleicht in die Urzeit – ihr wisst schon, als die Welt noch von Nilpferden beherrscht wurde!"

„Offensichtlich sind wir in der Zeit des Wilden Westens gelandet", gab Maya ungerührt Auskunft. Sie erhob sich und ging, die Pferdedecke noch um die Schultern, zur Stalltür. „Der

Regen hört auf!", rief sie. „Wir können uns ein wenig umsehen."

Seite an Seite schritten Maya und Jan die aufgeweichte Straße entlang. Die dunklen Unwetterwolken über ihren Köpfen verzogen sich rasch und machten einer tief stehenden, rötlichen Sonne Platz. Bald würde es Abend werden.

„Wilder Westen?", vergewisserte sich Herkules, während er die verfallenen, leeren Häuser betrachtete. „Hmm … sieht nicht gerade wild aus, wenn ihr mich fragt. Wo sind denn die Cowboys, die Indianer und was sonst noch dazugehört?"

„Du hast Recht, hier scheint wirklich nichts mehr los zu sein", murmelte Maya und warf hie und da einen Blick durch eine offene Tür oder ein kaputtes Fenster. „Ich fürchte, dies ist eine Geisterstadt."

Salo

Auf ihrem Rücken zuckte Herkules merklich zusammen. „Eine G-geisterstadt?“, flüsterte er.

„Das sagt man doch nur so, du Angsthase“, erklärte Jan grinsend und tätschelte dem Nilpferd den Kopf. „Es bedeutet, dass hier niemand mehr wohnt. Die Häuser stehen leer und machen einen irgendwie *geisterhaften* Eindruck, das ist alles.“

Sie hatten mittlerweile den Stadtrand erreicht. Vor ihnen schlängelte sich die Straße davon, in Richtung der Berge. Die sinkende Sonne näherte sich bereits den höheren Gipfeln. Ein kalter Windzug fegte ihnen in die Gesichter, so dass sie sich abwendeten.

„Also gibt es in einer Geisterstadt gar keine Geister?“, vergewisserte sich Herkules.

„Ganz bestimmt nicht", erwiderte Maya leichthin.

Da fiel plötzlich ein dunkler Schatten zwischen Maya und Jan hindurch auf den Boden. Eine tiefe, raue Stimme krächzte: *„Da wäre ich mir an eurer Stelle nicht so sicher!"*

Wilbur und Bert

Maya und Jan erstarrten kurz in der Bewegung. Dann drehten sie sich langsam um.

Hinter ihnen stand ein alter, vollbärtiger Mann. Er war mit einem schmutzigen Hemd, ausgefransten Hosen mit breiten Hosenträgern und derben Stiefeln bekleidet. Auf seinem ungekämmten, struppigen Haar saß ein löchriger, zerdrückter Hut. An einem Lederriemen hielt er ein kleines, graues Maultier, das gelangweilt auf einem Büschel trockenen Grases herumkaute.

„Es bringt Unheil, über Geister zu sprechen, wenn sie nicht weit genug entfernt sind", verkündete der alte Mann bedeutungsvoll und wies auf die gewundene Straße. „Und in dieser Richtung sind es nur ein paar Minuten bis zur alten Mine, ihr Naseweise!"

Erleichtert stellten Maya und Jan fest, dass der Alte ein Mensch aus Fleisch und Blut war. Zudem schien er beim Näherkommen nicht bemerkt zu haben, dass sie sich eben noch mit Mayas Rucksack unterhalten hatten.

Maya und Jan tauschten einen raschen Blick und stellten fest, dass sie noch immer ihre Pferdedecken um die Schultern trugen, die ihre moderne Kleidung vor den Blicken des Mannes verbargen – mitsamt ihrem dicknasigen Begleiter.

„Wer … wer sind Sie?", hob Maya vorsichtig an.

„Mein Name ist Wilbur Walton", verkündete der Alte und reckte in seinen schäbigen Kleidern die Brust. „Und dies hier" – er deutete auf das Maultier – „ist mein alter Kumpel Bert." Dann verengte er misstrauisch die Augen. „Aber jetzt verratet ihr mir mal, wer *ihr* eigentlich seid – und was ihr in Windy Point verloren habt! Wir bekommen hier nicht oft Besuch, schon gar nicht von Kindern! Stimmt's, Bert?"

Das Maultier kaute und schwieg.

„Windy Point?", wiederholte Jan fragend.

Der Mann namens Wilbur Walton deutete auf ein Schild, das windschief und verblichen hinter den letzten Häusern aufragte. In abblätternder Farbe stand darauf zu lesen: „Windy Point – Bevölkerung: 172". Die 172 war mehrfach mit Kohle durchgestrichen und von einer anderen, niedrigeren Zahl ersetzt worden. Die letzte Ziffer am unteren Rand des Schildes lautete: „1".

„Maya und Jan sind unsere Namen. Wir, äh … kommen aus der Nachbarstadt", erklärte Maya rasch. „Wir wollten einen Ausflug nach Windy Point machen, um uns anzusehen, was noch davon übrig ist. Von der Stadt, der Mine …"

Bei der Erwähnung der Mine runzelte der Mann die Stirn. „So, so. Ihr kommt also aus Carson City? Wo sind denn dann eure Pferde, mit denen ihr die ganze Strecke hergeritten seid?"

„Durchgegangen – bei dem furchtbaren Gewitter vorhin!", behauptete Jan spontan.

Offenbar wirkte das überzeugend, denn Wilbur Walton nickte langsam. „Pech. Das kann passieren. Aber sie werden sicher zurückkommen. Wenn ihr mögt, könnt ihr so lange auf einen heißen Kaffee mit in mein bescheidenes Heim kommen."

Er deutete auf eine winzige Hütte am äußersten Stadtrand. Als wahrscheinlich einziges Gebäude von ganz Windy Point hatte sie noch so etwas wie eine Tür und unbeschädigte hölzerne Fensterläden.

Da Maya und Jan klar war, dass sie möglichst rasch herausfinden mussten, welche Aufgabe ihnen der magische Stein in Windy Point zugedacht hatte, nickten sie und folgten dem Mann zu seiner Behausung.

Die Geschichte von Windy Point

Die Hütte von Wilbur Walton war karg eingerichtet: Es gab einen Tisch, einen Stuhl und eine harte Pritsche zum Schlafen. In einer der hinteren Ecken stand ein klobiger, alter Herd aus Stahl, in dem ein kleines Feuer knisterte. Wilbur ging hinüber und begann, mit einer Blechkanne und Wasser zu hantieren.

„Ihr mögt doch Kaffee?", krächzte er.

„Äh ... nicht wirklich. Wenn Sie vielleicht einen Tee für uns hätten?", erkundigte sich Jan und ließ sich neben Maya auf der knarrenden Pritsche nieder.

„Tee? Nee, Tee hab ich nicht", erwiderte Wilbur. „Und in Windy Point hat's auch noch nie Tee gegeben. Dies hier war eine Goldgräberstadt. Hier haben echte Kerle gearbeitet – und die trinken Kaffee: heiß, schwarz und stark." Er sah sie nochmals fragend an. „Wirklich keinen Kaffee?"

„Nein, danke. Aber was haben Sie eigentlich vorhin damit gemeint, als sie sagten, man solle in der Nähe der Mine nicht über Gespenster reden?", wollte Maya wissen.

„Ach!" Walton ließ sich ächzend auf dem einzigen Stuhl der Hütte nieder und sah die Kinder nachdenklich an. „Ihr wisst also nichts über die Mine? Den Fluch des alten Sislac? Und über den Geist, der dort umgeht?"

Maya und Jan starrten Wilbur entgeistert an. „Nein", sagte Maya vorsichtig.

Wilbur seufzte. „Das dachte ich mir. Da ist Carson City keine 20 Meilen entfernt, und dennoch hat man unsere Geschichte dort anscheinend schon vergessen!"

„Uns interessiert Ihre Geschichte sehr", erklärte Jan. „Würden Sie sie uns erzählen?"

Wilbur Walton kratzte sich seinen borstigen, grauen Bart und nickte langsam. Draußen setzte allmählich die Dämmerung ein, und der Wind strich pfeifend um die Häuser.

„Windy Point wurde vor knapp zehn Jahren gegründet", berichtete er, „anno 1849. Damals war hier an der Westküste gerade der Goldrausch ausgebrochen, und Windy Point wurde innerhalb weniger Wochen als Siedlung für Goldgräber aus dem Boden gestampft. Alle, die hier lebten, hatten etwas mit der Goldsuche, der Bearbeitung, dem Kauf oder dem Verkauf von Gold zu tun."

Wilbur erhob sich, goss sich am Herd eine Blechtasse mit schwarzem Kaffee voll und nahm wieder Platz. „Einige wuschen es mit Sieb und Schüssel aus dem Wasser des Muddy Creek – ein kleines Flüsschen, das eine halbe Meile tal-

wärts vorbeifließt. War aber nicht sehr ergiebig, der Fluss führte kaum Gold. Interessanter war da schon die Mine ..."

Der alte Mann pustete in das schwarze Gebräu in seiner Tasse. „Die MacCracken-Mine in den Bergen hinter der Stadt", sprach er weiter. „Der Besitzer, Josh MacCracken, war durch Zufall auf eine Goldader gestoßen. Und weil er ein gieriger Mann war, stellte er sofort Arbeiter ein, die ihm das Gold aus dem Berg holen sollten ..."

Wilburs Gesicht verfinsterte sich, bevor er weitersprach. „Doch MacCracken behandelte sie schlecht! Seine Angestellten mussten lange Doppelschichten einlegen, bekamen wenig Geld und noch weniger zu essen. So war es nur eine Frage der Zeit, bis ein Unglück geschah." Wilbur nippte nachdenklich an seinem Kaffee. „Im Herbst 1853 verunglückte ein Vorarbeiter der Mine, Dan Sislac. Er war völlig überarbeitet und stürzte vor Erschöpfung in einen offenen Schacht. Als die Männer den Verunglückten heraustrugen, behauptete MacCracken, dem Mann fehle nichts – der Mistkerl wollte das Geld für einen Arzt sparen! Doch Sislac hatte innere Verletzungen davongetragen, denen er bald darauf erlag. Den Gerüchten zufolge soll er MacCracken auf dem Sterbebett verflucht haben … verflucht bis in alle Ewigkeit!"

„Ein Fluch …", wiederholte Maya flüsternd. Sie spürte, wie Herkules auf ihrem Rücken leise zu bibbern begann.

„Zunächst gab niemand etwas auf diese Geschichte", fuhr Wilbur fort. „Aber schon wenige Wochen später versiegte die Goldader im Berg unerwartet. Und unmittelbar darauf hatte Josh MacCracken einen Reitunfall, bei dem er sich so schwer verletzte, dass er nie wieder richtig laufen konnte. Doch damit nicht genug: Irgendwann wollten ein paar Arbeiter einen finsteren Schatten gesehen haben, der durch die Stollengänge huschte. Auch das regelmäßige Picken von Spitzhacken wollten sie gehört haben – aus Tunneln, die längst stillgelegt waren!"

„Und da glaubten die Leute, der Geist des verunglückten Vorarbeiters Sislac sei zurückgekehrt, um weiteres Unglück über Josh MacCracken zu bringen!", folgerte Jan.

„Die Angst der Leute reichte aus, um sie nach und nach von hier zu vertreiben – auch die, die nicht für MacCracken gearbeitet hatten", bestätigte Wilbur. „Und da die Mine versiegt war, gab es hier ja ohnehin nichts mehr zu holen. Innerhalb weniger Monate wurde Windy Point zu einer Geisterstadt. Alle gingen fort ... bis auf den alten Bert und mich."

„Wieso blieben Sie und Ihr Maultier hier?", erkundigte sich Maya.

„Nun ..." Walton griff in die Brusttasche seines schmutzigen Hemdes und zog etwas Kleines daraus hervor. In den letzten Strahlen der sinkenden Abendsonne blitzte es hell auf.

Es war ein murmelgroßer Klumpen Gold!

„Also ist die Mine doch nicht völlig unergiebig?" Fasziniert betrachtete Maya den gelblich glänzenden Brocken.

„Eigentlich schon. Für den industriellen Abbau wirft sie nicht mehr genug ab. Aber ein paar Bröckchen gibt es dort drinnen schon noch. Sie reichten aus, um den alten Bert und mich während der letzten Jahre durchzubringen." Walton steckte seinen Goldklumpen wieder ein. „Aber damit ist es seit kurzem vorbei." Er sah Maya ernst an und stellte seine geleerte Tasse beiseite. „Wisst ihr, anfangs habe ich nicht an diese Geistergeschichte geglaubt. Aber seit dem letzten Vollmond ist das anders."

„Dem letzten Vollmond?", erkundigte sich Jan stirnrunzelnd. „Wieso das?"

„Weil Bert und ich seitdem nicht mehr allein in Windy Point sind. Seit dem letzten Vollmond sind wir zu dritt: Bert, ich – und der Geist!"

Klopfen aus dem Dunkel

„Der Geist?", echoten Maya und Jan im Chor.

„Der G-g-geist!", winselte Herkules unter Mayas Pferdedecke, allerdings so leise, dass niemand außer ihr es hörte.

Wilbur Walton nickte und sah nervös durch ein Fenster in die beginnende Dunkelheit hinaus. Rasch stand er auf und schloss die Läden. Dann zündete er eine altmodische Petroleumlampe an. Flackerndes gelbliches Licht erfüllte die kleine Hütte.

„Beim letzten Vollmond waren Bert und ich in einem schmalen Stollen tief im Innern der Mine unterwegs", fuhr der alte Mann fort. „Es war schon gegen Abend, und ich lud einen kleinen Haufen Steinbrocken, den ich aus dem Fels gebrochen hatte, in die Satteltaschen. Ich wollte die Brocken in das alte Minengebäude am Eingang des Bergwerks bringen, um sie am nächsten Tag in aller Ruhe auf Gold zu untersuchen. Da hörte ich plötzlich dieses ferne Klopfen: *tack-tack-tack!*"

Mit gespannten Gesichtern hingen Maya und Jan an Wilburs Lippen. Sollte der alte Mann in der Mine wahrhaftig einem Geist begegnet sein? Herkules zumindest schien daran keine Zweifel zu haben: Er bibberte verängstigt unter Mayas Decke vor sich hin und gab keinen Laut mehr von sich.

„Ich dachte zunächst, ich hätte mich verhört", erzählte Wilbur weiter. „Das Echo spielt den Ohren in unterirdischen Gängen manchmal die merkwürdigsten Streiche, wisst ihr? Doch dann erklang es von neuem – *tack-tack-tack!* Das war kein Echo, es waren eindeutig Schläge einer Spitzhacke auf harten Fels! Und sie kamen aus dem Innern des Berges. Dabei hätte doch jeder, der dorthin wollte, an mir vorbeikommen müssen!"

„Sie hatten aber niemanden gesehen?“, vermutete Maya.

„Keine Menschenseele! Nur ein Geist hätte die Mine von mir unbemerkt betreten können! Da ließ ich meine Tagesausbeute fallen und floh mit Bert aus dem Berg.“

Wilbur drehte den Docht der Petroleumlampe höher, um mehr Licht zu erhalten. Bei der Erinnerung an seine Erlebnisse in der Mine schauderte es ihn sichtlich.

„Eine Woche später hatte ich mich so weit beruhigt, dass ich alles nur noch für Einbildung hielt“, fuhr er fort. „Ich ging erneut zur Mine, kehrte in denselben Schacht zurück. Als ich gerade meine Steine zusammenraffen wollte, nahm ich aus dem Augenwinkel einen flackernden Lichtschein hinter einer

Biegung des Stollens wahr. Ein geisterhaftes, grünliches Leuchten strahlte dort um die Kehre des Tunnels! Keine normale Laterne verbreitet so ein Licht, das müsst ihr mir glauben! Ich überlegte, ob ich mich etwas weiter heranwagen sollte, als es plötzlich ohrenbetäubend durch den Stollen schallte: *TACK-TACK-TACK* – ganz in meiner Nähe, direkt hinter der Biegung!" Wilbur riss die Augen auf und sah die Kinder furchtsam an. „Da bin ich gerannt, was meine alten Beine hergaben. Seither habe ich mich der verfluchten Mine nicht mehr genähert!"

Stille senkte sich über die Hütte. Nur der Wind flüsterte durch die Ritzen im Holz.

Wilbur erhob sich ächzend und ging zur Tür. „Ich bringe dem alten Bert jetzt einen Schwung Heu in seinen Stall. Dann mache ich mir etwas zum Abendessen. Wenn ihr wollt, könnt ihr was abhaben und über Nacht hier bleiben – Decken habt ihr ja. Und morgen sind eure Pferde bestimmt wieder da, dann könnt ihr zurück nach Carson City reiten."

Kaum war der Alte aus der Hütte, begannen mehrere Stimmen aufgeregt durcheinander zu reden:

„Eine unheimliche Geschichte ...", begann Jan.

„Wir müssen sofort hier abhauen – mit Geistern ist nicht zu spaßen!", plärrte Herkules, der plötzlich zur Sprache zurückgefunden hatte.

Maya dagegen lächelte nur verschmitzt, bevor sie den beiden mit einer raschen Handbewegung das Wort

abschnitt. „Ich würde sagen, das war genau die Spur, die wir gebraucht haben“, sagte sie.

„Spur? Was denn für eine *Spur?*“, wollte Herkules hektisch wissen. „Die Spur ins sichere Verderben vielleicht? Ins Jenseits, wo grün leuchtende Geister mit Steinpickeln auf neugierigen Kindern und Nilpferden herumhacken?“

Auch Jan machte ein verwirrtes Gesicht. „Was meinst du?“, erkundigte er sich.

„Na, das war doch ein klarer Hinweis, warum der magische Stein uns ausgerechnet hierher versetzt hat“, erklärte Maya geduldig. „In den alten Schächten geht etwas vor sich, das nicht normal ist – und deshalb werden wir uns die Mine morgen mal vornehmen!“

Herkules stieß hinter ihr ein entsetztes Glucksen aus. In diesem Moment schwang die Tür der Hütte knarrend auf, und Wilbur kam zurück.

„Wir haben nachgedacht", verkündete Maya. „Wir würden Ihre Einladung gerne annehmen."

Tack-tack-tack!

Trotz ihres harten Nachtlagers auf dem Boden der Hütte schliefen Maya und Jan gut. Einzig Herkules, der von Albträumen geplagt wurde, warf sich die halbe Nacht unruhig unter der Decke hin und her.

Früh am nächsten Morgen, noch bevor Wilbur wach war, verließen sie still und heimlich die Hütte. Draußen schien hell die Sonne, wenngleich es immer noch ziemlich windig war.

„Wieso haben wir uns so davongeschlichen?", wollte Jan wissen, während sie der Straße aus der Stadt hinaus folgten. „Vielleicht hätte er uns was Feines zum Frühstück gemacht ... seine Bohnen mit Speck gestern Abend waren echt lecker!"

„Je länger wir bleiben", erwiderte Maya, „desto wahrscheinlicher wird sich Wilbur irgendwann nach unseren merkwürdigen Klamotten unter den Pferdedecken erkundigen! Gestern Abend war es zum Glück dunkel, aber heute ..."

„Du hast Recht", gab Jan zu. „Nun wird er annehmen, dass wir früh losgezogen sind, um unsere Pferde wieder einzufangen – du weißt schon: die, die uns gestern beim Gewitter durchgegangen sind." Er zwinkerte Maya zu und sah nach vorne.

Außerhalb der Stadt schlängelte sich die Straße etwa eine halbe Meile den Hang hinauf. Das Gelände wurde felsiger, je weiter sie sich dem Gebirgszug näherten. Einige der höheren Gipfel waren schneebedeckt.

„Siehst du das?“, rief Jan und deutete auf einen dunklen, quadratischen Umriss am Fuß des vordersten Berges. „Das muss das Minengebäude sein, das Wilbur erwähnt hat!“

„Leute, ich verstehe immer noch nicht, wieso wir dort rauf müssen!“, verkündete Herkules auf Mayas Rücken. „Eine Mine, in der es nichts mehr zu holen gibt und in die zu allem Überfluss noch ein Geist mit einer Spitzhacke eingezogen ist – also, ich kann mir verlockendere Ausflugsziele vorstellen!“

„Wir sind ja auch nicht zu unserem reinen Vergnügen hier“, belehrte ihn Maya gutmütig. „Hast du vergessen, wie unser letztes Abenteuer in der Zeit der Römer ausging?“

„Pffth“, machte Herkules. „Was interessiert's mich? Ich will heim!“

„Pontus Mapex, der Gehilfe von Maldorius, entkam mit einer silbernen Krone“, erinnerte ihn Jan keuchend, während er über die geröllbedeckte, unebene Straße voranschritt. „Und in dieser Krone befand sich ein Stein, der zu den Juwelen der Macht gehörte – den Zauberedelsteinen, die einst den Sieben Weisen von Atlantis ihre Kräfte

verliehen. Laut Maldorius war dieser Stein damals nicht mitsamt der Insel und den restlichen Juwelen untergegangen, da er sich auf einem Schiff befand, auf hoher See."

„Ja, ja, schön und gut", nörgelte Herkules. „Aber Maldorius hat den Klunker doch nie im Leben dort oben in der alten Mine versteckt! Wieso müssen wir …"

„Woher willst du das denn wissen?", fragte Maya grinsend. „Irgendeinen Grund muss unser magischer Stein ja gehabt haben, als er uns hierher versetzte. Und da wir nicht riskieren dürfen, dass Maldorius die Kräfte der Juwelen für seine dunklen Zwecke missbraucht, werden wir uns ein bisschen umsehen – und ihm die Krone wieder abjagen, falls sie hier irgendwo ist!"

Herkules schwieg beleidigt. Maya und Jan folgten der Straße um eine weite Kurve. Wieder tauchte das alte Minengebäude auf, diesmal direkt vor ihnen. Das viereckige Holzhaus hatte ein großes Tor und war direkt an die Felswand des dahinter liegenden Berges gebaut. Als Maya und Jan vorsichtig näher traten, durchschnitt auf einmal ein seltsames Geräusch die Stille.

Krrrk-krrrk.

„W-w-was war das?", hauchte Herkules von hinten.

„Ich weiß nicht …", gab Maya leise zurück.

Krrrk-krrrk.

„Also, eine Spitzhacke ist es zumindest nicht", erklärte Jan und machte furchtlos einige Schritte weiter auf das Haus zu.

Krrrk-krrrk. Krrrk-krrrk.

Noch ein weiterer Schritt – dann begann Jan plötzlich zu lachen! Maya und Herkules starrten ihn an, als hätte er den Verstand verloren, aber er deutete kichernd auf ein großes Schild, das über dem Eingangstor des Minengebäudes hing.

„MacCracken-Mine" stand dort in verblichenen Buchstaben zu lesen. Das Schild bestand aus dicken Holzleisten und war mit zwei alten Eisenketten an einem Balken über dem Tor befestigt. Bei jedem Windstoß bewegte es sich träge hin und her. Die rostigen Glieder der Kette rieben gegeneinander und machten …

… *krrrk-krrrk!*

Grinsend kam Maya heran. „Du wärst ein prima Gespensterjäger", bescheinigte sie Jan. „Mal sehen, ob sich das Geheimnis um die Geistergeräusche im Innern der Mine auch so einfach lösen lässt!“

Vorsichtig betraten sie das Minengebäude. Der große Hauptraum war dunkel, feucht und mit allerlei verrosteten Schürfwerkzeugen voll gestellt. Alte Spitzhacken lehnten an den Wänden, Ketten und Haken baumelten von der Decke. Quer über den fest gestampften Lehmfußboden verlief ein schmales Gleis aus Stahlschienen wie von einer kleinen Eisenbahn. Es verschwand in einer riesigen, halbrunden Öffnung in der felsigen Rückwand des Gebäudes.

„Da geht's in den Berg“, stellte Jan fest und betrachtete den gähnenden Tunnel. „Aber um dort auch nur einen Schritt machen zu können, brauchen wir Licht!“

„Wir hätten uns von dem Alten in der Stadt ein paar Taschenlampen ausleihen sollen", maulte Herkules. Maya hatte das Stoffnilpferd auf einem alten Fass abgelegt, damit sie sich ungehindert umsehen konnte.

„Im Jahr 1859 gab es noch keine Taschenlampen", bemerkte sie beiläufig. „Aber dafür *so was!*" Zwischen allerlei Gerümpel hatte sie auf einem Tisch eine kleine Petroleumlampe entdeckt, ähnlich der, die Wilbur in seiner Hütte benutzte. Maya schüttelte sie prüfend hin und her. Im Innern gluckerte es. „Prima, es ist noch was drin."

„Und hier sind Streichhölzer!", rief Jan, der die an einem Haken hängende Montur eines Minenarbeiters durchsucht hatte. Rasch lief er zu Maya hinüber.

„Hey, ich hab auch was gefunden!“, ließ sich Herkules vernehmen. „Kerzen. Hier neben mir, auf dem Deckel des Fasses, jede Menge.“ Er hielt einige mit einem Docht versehene Stangen hoch. Doch Maya und Jan waren zu beschäftigt damit, die alte Lampe wieder in Betrieb zu nehmen, und beachteten ihn nicht.

„Pffth!“, machte Herkules. Er öffnete seinen Reißverschluss und steckte eine Hand voll der Fundstücke ein. „Ihr werdet mir noch dankbar sein, dass ich die mitgenommen habe ...“, schmollte er.

Da kamen Maya und Jan auch schon auf ihn zu, Jan mit der hell leuchtenden Petroleumlampe in den Händen. „Los geht's“, rief Maya und nahm den Nilpferdrucksack wieder auf ihren Rücken.

Gemeinsam näherten sie sich dem finsteren Eingang der Mine.

Der Schacht war mit groben Schlägen ins Gestein des Berges gehauen und wurde von dicken Holzbalken abgestützt. Jan leuchtete vorsichtig hinein und sah, dass seine Decke nach wenigen Dutzend Metern so niedrig wurde, dass sie gerade noch aufrecht darin gehen konnten.

„Es war für erwachsene Männer sicher unheimlich anstrengend, den ganzen Tag gebückt durch diese Gänge zu laufen", merkte Maya an, während sie mit eingezogenen Köpfen unter der niedrigen Decke entlanggingen.

„Ich schlage vor, wir folgen erst mal den Schienen", schlug Jan vor und deutete auf das Gleis zu ihren Füßen. „So können wir uns nicht verlaufen."

Sie marschierten eine ganze Weile, während die Petroleumlampe zuckendes Licht auf den steinigen Weg vor ihnen warf. Hie und da gähnten die finsteren Eingänge von Seitenstollen in den Wänden. Aus einigen war das widerhallende Tröpfeln von Wasser zu hören.

Plötzlich blieb Maya ruckartig stehen. Sie deutete auf zwei rötliche Punkte, die ihnen aus einem der Gänge entgegenglühten.

Bevor Jan etwas erwidern konnte, schoss urplötzlich eine fette, schwarze Ratte aus dem Seitenstollen hervor! Quiekend huschte sie quer durch den Tunnel, kaum einen Schritt an den Kindern vorbei.

Maya stieß einen erstickten Schrei aus und fuhr schaudernd zusammen.

Doch da war Jan schon neben ihr. Er stampfte mit den Füßen, schwenkte wild die Laterne und rief: „Kschsch, kschsch!" Die Ratte zuckte vor dem Licht zurück und verschwand blitzartig in einem weiteren Stolleneingang.

„Danke!" Maya stieß erleichtert die Luft aus und eilte rasch an den dunklen Abzweigungen vorbei. Jan schloss zu ihr auf, und gemeinsam folgten sie dem Hauptgang weiter.

Nach einiger Zeit kamen sie an ein Hindernis: Vor ihnen stand ein wannenförmiger Eisenwaggon auf den Schienen. Er war oben offen und bis über den Rand mit losem Gestein gefüllt.

„Eine Bergwerkslore", erklärte Maya. Sie nahm Herkules vom Rücken und drückte sich zwischen dem Wagen und der rauen Felswand hindurch.

„Eine Lore? Wer kommt denn auf so einen Quatsch?“, quäkte Herkules. Er begann albern zu kichern und krächzte wie ein Papagei: „Lore will Zucker! Lore will Zucker!“

In diesem Moment schallte ein abgehacktes Geräusch aus dem finsteren Tunnel vor ihnen. Maya und Jan erstarrten mitten in der Bewegung. Doch bevor sie ausmachen konnten, um was genau es sich handelte, hatte es schon wieder aufgehört.

„W-w-was war das?“, flüsterte Herkules mit aufgerissenen Augen. „Etwa der G-g-geist?“

Jan hob die Petroleumlampe und lauschte angestrengt. Weit entfernt vernahm er ein leises Heulen – wahrscheinlich der Wind, der draußen um den Eingang zur Mine pfiff.

Das seltsame Geräusch aber war nicht mehr zu hören.

„Ich weiß es nicht", sagte Jan. „Es könnte der verzerrte Nachhall deines eigenen Gekichers gewesen sein. Wilbur sagte ja, dass das Echo einem hier drin manchmal Streiche spielt ..."

„Es wäre vielleicht nicht schlecht, wenn du ein bisschen leiser sein könntest", schlug Maya dem Nilpferd über ihre Schulter hinweg vor.

Doch Herkules brauchte keine weitere Aufforderung: Bibbernd klammerte er sich an Mayas Rücken fest, ohne noch ein weiteres Wort herauszubekommen.

Vorsichtig gingen sie weiter, wobei sie versuchten, so wenig Lärm wie nur möglich zu verursachen. Nachdem sie drei weitere Seitengänge passiert hatten, endete der Schienenstrang zu ihren Füßen an einem dicken Eisenpuffer.

„Tja, Endstation", flüsterte Jan. Er hob die Lampe. Das Licht erhellte eine Gabelung, wo sich der Hauptstollen einige Schritte voraus in zwei schmalere Einzeltunnel teilte.

Bevor Maya und er beschließen konnten, welchem der beiden Gänge sie weiter folgen wollten, schallten aus dem linken plötzlich Geräusche, die sie zusammenzucken ließen!

Zuerst dachten sie, sie hätten sich verhört und es sei nur der Widerhall eines fallenden Steins gewesen. Doch als die geisterhaften Schläge wieder und wieder ertönten, war jeder Zweifel ausgeschlossen: Es handelte sich um die Laute, die Wilbur ihnen beschrieben hatte!

Tief im Innern des Berges machte es *Tack-tack-tack.*

Der Schürfer in der Tiefe

Es konnte keinen Zweifel geben: Irgendwo in den Tiefen der Mine klopfte jemand Steine mit einer Spitzhacke!

Maya schüttelte ungläubig den Kopf. „Und das, obwohl das Bergwerk lange verlassen ist", murmelte sie .

Tack-tack-tack!

„Mir ist zwar nicht ganz wohl bei der Sache, aber ich fürchte, wir müssen uns das genauer ansehen", befand Jan mit einem Seitenblick auf Herkules' Bauch, in dem der magische Stein ruhte.

Maya nickte. „Wenn tatsächlich Maldorius hinter diesem Spuk stecken sollte, ist es unsere Pflicht, ihm einen Strich durch die Rechnung zu machen – wobei auch immer!"

Bedächtig folgten sie dem linken Stollen, wobei sie aufmerksam lauschten. Nach einer Weile wurde der Rhythmus der Schläge langsamer. Dann brachen sie ganz ab.

Maya und Jan blieben stehen und sahen sich verwirrt an.

„Und nun?“, flüsterte Jan.

„Wir folgen dem Stollen weiter. Die Richtung müsste nach wie vor stimmen.“

Maya behielt Recht: Sie waren kaum zwei Minuten unterwegs, als plötzlich …

TACK-TACK!

Nun waren die Schläge wesentlich lauter als zuvor – so, als befände sich der Klopfer ganz dicht vor ihnen! Vorsichtshalber drehte Jan den Docht ihrer Lampe so weit herunter, dass die Flamme kaum noch sichtbar war. Sie schlichen weiter.

TACK-TACK-TACK!

Mit angehaltenem Atem näherten sie sich einer Biegung, die vor ihnen im Tunnel auftauchte. Jenseits davon flackerte ein unnatürliches Licht – geisterhaft grün, ganz wie in Wilburs Erzählung!

TACK-TACK!

Zentimeterweise schoben sich Maya und Jan an die Kurve heran. Dahinter schien sich der Stollen zu einem kleinen Raum zu erweitern. Das Licht, das um die Ecke in den Gang fiel, malte vor Maya und Jan einen langen Schatten auf den Boden. Der Umriss war gewaltig! Soweit man erkennen konnte, handelte es sich um einen breit gebauten, riesigen Mann. Das Seltsame war, dass er mehr als nur zwei Arme zu besitzen schien! Mit insgesamt zwei Spitzhacken schlug er abwechselnd auf das Gestein vor sich ein.

TACK-TACK! TACK-TACK!

„Das gibt es doch nicht“, hauchte Jan Maya ins Ohr. „Den *kennen* wir doch!“

In Zeitlupe schob Jan ein Auge um das letzte Stück der Tunnelkurve. Was er sah, bestätigte seinen Verdacht.

Wenige Schritte vor ihm tat sich ein roh aus dem Fels gehauener Raum auf. Er war kaum größer als eine Abstellkammer und wurde am anderen Ende von einer Art Grubenlampe erhellt, in der eine grünlich leuchtende Flamme schwebte.

Vor der Rückwand der Felskammer ragte eine riesenhafte Kreatur mit vier Armen und einem langen schwarzen Zopf auf. Ihr übernatürlich muskulöser

Oberkörper war unbekleidet. Schwitzend drosch sie auf den Stein vor sich ein.

Es war Pontus Mapex, der dämonische Helfer von Maldorius!

Jan wollte Maya gerade ein Zeichen geben, sich rasch zurückzuziehen, als Pontus plötzlich beide Spitzhacken sin-

ken ließ und ein raubtierhaftes Knurren ausstieß!

Kurz fürchteten Maya und Jan, der Dämon hätte sie irgendwie bemerkt. Doch er wischte sich lediglich mit zweien seiner Handrücken den Schweiß aus dem Gesicht und grunzte ungehalten.

„*Grabe, Pontus!*, hat er gesagt, der Meister", brummte er vor sich hin. „*Spute dich, Pontus! Dann dauert es höchstens ein paar Wochen, bis wir die Gesteinsader freigelegt haben.* Pah! Wozu braucht der Meister denn noch mehr magische Energie? Immerhin habe ich ihm längst einen der echten Steine der Macht besorgt!" Wütend hob Pontus Mapex eine Spitzhacke und ließ sie auf die Wand niederfahren.

TACK!

„Mir so eine Knochenarbeit zuzumuten – mir, der ich schon vor dem Senat von Rom gesprochen habe!"

TACK!

„Lässt mich hier schwitzen wie einen Sklaven ..."

TACK-TACK-TACK!

Maya und Jan nickten sich stumm zu. Sie drehten sich um und schlichen von der Gangbiegung fort, bis sie zum Hauptstollen, zu den Schienen und der Gabelung zurückkamen.

„Also wieder Pontus Mapex – das ist vielleicht ein Ding!", zischte Jan.

„Wenn Wilbur Recht hatte und dieser Lärm bereits seit einer ganzen Weile aus dem Berg dringt, dann muss der Dämon direkt seit unserem Abenteuer im alten Rom hier für Maldorius am

Schuften sein", vermutete Maya mit gerunzelter Stirn.

„Anscheinend ist seinem Meister der einzelne Stein der Macht aus der Krone des Cäsar nicht genug", überlegte Jan. „Aber die anderen Zaubersteine sind doch vor Urzeiten mit der Insel Atlantis im Meer versunken ... Wieso lässt er Pontus dann hier in der Mine schuften?"

„Völlig uninteressant", fand Herkules mit bebender Stimme. „Soll der Vierarmige doch buddeln, bis er schwarz wird – das schadet niemandem. *Wir* dagegen sollten machen, dass wir schleunigst von hier weg..."

„Nein", widersprach Maya und begann mit konzentriertem Gesichtsausdruck, ihre Brillengläser zu polieren. „Ich bin überzeugt, dass irgendeine Teufelei dahinter steckt. Es ist unsere

Pflicht herauszufinden, was Maldorius in dieser alten Mine ausheckt. Und falls wir die Gelegenheit dazu bekommen, müssen wir ihm die Krone wieder abnehmen!“

„Glaubst du etwa, Maldorius ist ebenfalls hier irgendwo im Berg?", wollte Jan wissen. „Mitsamt seiner Diebesbeute?"

„Möglich", erwiderte Maya und setzte ihre Brille wieder auf. „Wir wissen schließlich nicht, was er vorhat. Um das herauszufinden, müssen wir die Mine wohl oder übel weiter erkunden."

Herkules stieß auf ihrem Rücken ein Stöhnen aus.

Sie wählten an der Gabelung diesmal den Weg nach rechts. Bald schon blieben die Schläge von Pontus Mapex' Spitzhacken hinter ihnen zurück, und die Stille des Berges hüllte sie ein.

Nachdem sie an mehreren Kurven und Abzweigungen vorbeigekommen waren, endete der Tunnel plötzlich an einer dicken Holztür!

„Wo kommt die denn her?", fragte Maya und kratzte sich am Kopf. „Kein normaler Mensch würde eine Tür in einen Stollen wie diesen einbauen!"

„Du sagst es", entgegnete Jan leise. „Kein normaler Mensch – Maldorius vielleicht schon."

Er legte kurz sein Ohr an das dicke Holz. Als dahinter keine Geräusche zu vernehmen waren, probierte er vorsichtig die klobige Klinke.

Mit einem krächzenden Quietschen schwang die Tür nach innen auf.

„S-s-seid bloß vorsichtig", wimmerte Herkules und hielt sich mit seinen Stummelbeinen die Augen zu.

Vor Maya und Jan tat sich ein kleines Zimmer auf, das ganz und gar nicht so aussah, als gehöre es mitten in das Herz eines Berges oder sei Teil einer

alten Mine. Es hatte glatte, gerade Wände, und von der hohen Decke baumelte ein Leuchter mit brennenden Kerzen. Es gab volle Bücherregale, einen Schreibtisch sowie einen riesigen, uralten Globus, an dessen Holzgestell etwas befestigt war, das aussah wie ein Wecker oder eine altmodische Uhr.

Vorsichtig machten Maya und Jan einen Schritt in den Raum hinein.

„Schau!", entfuhr es Maya. Sie deutete aufgeregt zum Schreibtisch. Dort lag, auf einer Unterlage aus rotem Samt, etwas Rundes, Glänzendes, eine Art breiter Silberreif ...

Eine Krone!

Die Kostbarkeit war schlicht geschmiedet und sah doch elegant aus. Auf der Vorderseite prangte ein wunderschön geschliffener, hellblauer Edelstein von der Größe eines Taubeneis. Verschiedene kleine Werkzeuge, wie Juweliere oder Uhrmacher sie verwendeten, lagen rund um die Krone auf dem Tisch verstreut.

„Die Krone des Cäsar!", hauchte Maya. „Und darin steckt der einzelne Stein der Macht, der nicht mit Atlantis untergegangen ist."

Jan nickte und musterte beunruhigt das hintere Ende des Raums. Dort war eine Gittertür zu sehen, hinter der sich eine winzige Zelle mit roh behauenen Steinwänden anschloss.

Bevor sie etwas unternehmen oder sich weiter in dem seltsamen Raum umsehen konnten, ertönten plötzlich Schritte im Tunnel hinter ihnen!

Dann senkte sich auch schon eine riesige Hand auf jede ihre Schultern –

vier insgesamt –, und eine tiefe, unfreundliche Stimme fauchte: „Wen haben wir denn hier? Das wird meinen Meister aber sehr interessieren!“

Gefangen!

„Das darf doch nicht wahr sein, Pontus!“

Wie eine riesige schwarze Fledermaus stapfte der Magier in seinem schwarzen Umhang vor der verschlossenen Gittertür auf und ab. Es gehörte nicht viel dazu zu erkennen, dass Maldorius der Dunkle außer sich war vor Wut. „Wie konnten diese … diese *Kinder* uns hier aufspüren?"

Maya und Jan sagten nichts. Stumm hockten sie auf einer Pritsche in der winzigen Gefängniszelle am Ende des Raumes und beobachteten voller Furcht den tobenden Schwarzmagier.

Nachdem sie von Pontus Mapex an der Tür überrascht worden waren, hatte der Diener des Zauberers ihnen ihre Lampe abgenommen und sie ohne viel Federlesens in die vergitterte Zelle gesteckt. Dann hatte der Vierarmige eine als Bücherregal getarnte Geheimtür geöffnet und war dahinter verschwunden. Als er wenige Minuten später wieder auftauchte, war er nicht mehr allein: Bei ihm war eine Gestalt, die Maya und Brad leider nur zu vertraut war – eine Gestalt mit einem schwarzen Umhang, einem ebenso schwarzen Bart und den bösesten Augen, die man sich vorstellen konnte!

„Erkläre mir eines, Pontus“, brüllte Maldorius nun den Dämon an. „Wie um alles in der Welt konnten diese beiden Würmer damals aus dem Grab des Tut-Ench-Amun entkommen, wo ich sie in Ägypten zurückließ? Magie war unter den meterdicken Steinschichten der Gruft wirkungslos – genau wie hier, in dieser verfluchten Mine! Trotzdem haben sie augenscheinlich heil von dort fliehen können!“

Pontus Mapex zuckte seine vier Achseln und starrte die beiden Gefangenen durch die Gitterstäbe böse an.

In diesem Augenblick waren Maya und Jan heilfroh, dass weder Maldorius noch sein Helfer wussten, wie oft sie ihnen *tatsächlich* schon die Suppe versalzen hatten! Glücklicherweise hatte Pontus Mapex sie weder im Tower von London noch im alten Rom persönlich gesehen. Und Maldorius wiederum wusste nicht, dass Maya und Jan es gewesen waren, die ihm einst tief im Ozean, zwischen den versunkenen Ruinen von Atlantis, in die Quere gekommen waren. Sie hätten sich nicht auszumalen gewagt, was der Schwarzmagier sonst mit ihnen angestellt hätte – er war ohnehin zornig genug!

Maldorius machte auf dem Absatz kehrt und schritt mit wehendem Umhang bis direkt vor die Gitterstäbe. „Nun gut. Ich sehe ein, dass ich euch

unterschätzt habe! Magnus und die anderen Weisen von Atlantis wussten offenbar, warum sie ausgerechnet euch erwählten. Dass ihr mir damals, als es den Heiligen Tempel von Atlantis noch gab, entrinnen konntet, war ein erster Hinweis auf eure Zähigkeit." Er schob sein schmales, faltiges Gesicht dicht an die Gitterstäbe heran und sagte mit gespielter Freundlichkeit: „Nun gut … Da wir uns schon eine ganze Weile kennen, könntet ihr mir doch verraten, wie ihr heißt, oder? Na?"

„Kein Wort!", zischte Maya Jan ins Ohr. „Jedes Kind weiß, dass man einem Zauberer nie seinen richtigen Namen nennen soll. Sonst verschafft man ihm einen Zaubervorteil!"

Maldorius starrte böse von einem zum anderen. Doch keiner der beiden sagte etwas. Dann blieb der Blick des Magiers an der dicken Nase von Herkules hängen, der einen raschen Blick über Mayas Schulter gewagt hatte.

„Sieh an – ihr habt noch jemanden bei euch? Vermutlich eine magische Kreatur, die Magnus euch mit auf den Weg gegeben hat." Er schnaubte verächtlich. „He, du Wicht!", richtete er das Wort an Herkules, der erschrocken zusammenzuckte. „Verrätst du mir, wie deine Gefährten heißen? Oder soll Pontus dir erst deine kleinen Beinchen ausreißen?"

„M-m-maya und Jan", stieß Herkules sofort bibbernd hervor. „Die zwei heißen Maya und Jan!"

„Verräter!", zischte Jan zwischen zusammengebissenen Zähnen.

„Sehr schön. Und du, seltsame kleine Kreatur?", wollte Maldorius wissen. „Wie heißt du?"

„Ich? Her... ähh, Hubertus. Ich ... ich heiße Hubertus!"

„So, so", murmelte der Zauberer und schritt mit auf dem Rücken verschränkten Händen durch sein Studierzimmer. „Ein Mädchen namens Maya, ein Junge namens Jan und ein Nilpferd namens

Hubertus ... Wer hätte gedacht, dass diese drei noch einmal meinen Weg kreuzen würden?" Er erreichte den großen Globus und drehte sich ruckartig um. „Ich nehme nicht an, dass ihr mir freiwillig erzählen werdet, wie ihr mich in dieser Zeit aufgespürt habt, an einem der abgelegensten Orte der Welt – oder?"

Maya und Jan sahen ihn an und schwiegen beharrlich.

„Hmm, das habe ich mir gedacht", murmelte Maldorius gefährlich leise.

„Soll ich sie ein wenig *kitzeln*, um es aus ihnen herauszuholen?", erbot sich Pontus Mapex mit einem bösen Grinsen und ließ die Fingerknöchel seiner vier Hände knacken.

„Später vielleicht." Der Magier zupfte sich nachdenklich den schwarzen Bart. „Wir haben im Augenblick wichtigere Dinge zu erledigen. Solange die drei hinter Schloss und Riegel sitzen, kann fürs Erste nichts passieren." Er wandte sich seinem Handlanger zu. „Wie weit bist du mit dem Schürfen, Pontus? Hast du endlich hellblaues Xirit-Gestein gefunden, wie es meinen geologischen Studien nach in diesem Berg existieren müsste?"

„Nun", begann der Dämon zögernd. „Ich habe einige seltsame Klumpen aus dem Berg gebrochen. Aber so richtig hellblau waren sie nicht ..."

Maldorius raufte sich schnaubend die schwarzen Haare. „Ich habe dir doch erklärt, wozu ich das Xirit brauche! Die Zauberkraft des einen Edelsteins in der Krone reicht nicht aus! Um *alle* Menschen in *allen* Zeitaltern

beherrschen zu können, brauche ich mehr davon!"

„Ich weiß", brummte Pontus missmutig. „Laut Euren Forschungen gleicht das Xirit in diesem Berg jenem, aus dem die Juwelen der Macht vor vielen Tausend Jahren in Ägypten gefertigt wurden. Und deshalb muss *ich* nun schuften …"

„Schweig, Pontus!", fiel ihm Maldorius gereizt ins Wort. „Ich habe dich nicht aus dem vierten Kreis der Hölle heraufbeschworen, damit du faul herumsitzt! Du weißt so gut wie ich, dass meine schwarze Magie in den Tiefen dieser Mine nicht wirkt. Folglich musst du die Steine eben mit Händen und Spitzhacke ausgraben." Die dunklen Augen des Zauberers begannen, unheilvoll zu glitzern. „Wenn du das Xirit jedoch erst gefunden hast, kann ich es schleifen und bearbeiten und mithilfe des einen Zaubersteins aus der Krone *neue* Juwelen der Macht erschaffen! Und dann … wird Maldorius Kaiser der Welt!"

Dem Magier wurde plötzlich bewusst, dass er nicht allein in seinem Studierzimmer war. Er warf seinen Gefangenen einen wütenden Blick zu, dann eilte er an Pontus Mapex vorbei zur Tür. „Spute dich, du Narr! Zeige mir, was du ausgegraben hast. Später entnehme ich dann den Zauberstein aus der Krone und kümmere mich um diese Würmer dort. Sie sind mir zum letzten Mal in die Quere gekommen …"

Grinsend schloss sich der vierarmige Dämon seinem Meister an. Als er unter dem Kerzenleuchter hindurchging, der in der Mitte des Raumes von der Decke baumelte, stellte er sich auf die Zehenspitzen und blies die Kerzen mit einem einzigen Atemzug aus. „Damit ihr es auch schön gemütlich habt, bis wir zurückkommen", erklärte er hämisch und knallte die Tür hinter sich zu.

Mit einem Schlag war es stockfinster.

Fliehen – aber wie?

Endlose stille Augenblicke verstrichen. Dann ertönte eine leise, piepsige Stimme: „M-m-maya? J-j-jan?"

„Mit dir rede ich nicht mehr, du alte Petze!", sagte Jan streng.

„Tut mir Leid", sagte Herkules kleinlaut. „Aber … ich hatte solche *Angst*, versteht ihr?"

Statt ihm zu antworten, wandte sich Jan an Maya: „Was machen wir jetzt? Die beiden kommen bestimmt bald zurück. Nur der Gier von Maldorius nach zusätzlichen Zauberjuwelen haben wir es zu verdanken, dass er uns nicht sofort den Garaus machte!"

„Zum Glück hat uns Pontus nur die Laterne abgenommen und ist nicht auf die Idee gekommen, uns zu durchsuchen", sagte Maya erleichtert. „Sonst hätte sich Maldorius wohl sehr rasch erklären können, wie es uns immer wieder gelingt, ihm durch die Zeit zu folgen. Nicht auszudenken, wenn er uns den magischen Stein abnehmen und ihn für seine bösen Zwecke missbrauchen würde – abgesehen davon, dass wir dann dazu verdammt wären, für immer hier zu bleiben!"

„Sollen wir den magischen Stein benutzen, um zu verschwinden?", erkundigte sich Jan unsicher. „Seit unserem Ausflug ins alte Ägypten wissen wir ja, dass nur Maldorius' *schwarze* Magie tief unter der Erde nicht wirkt. Die *weiße* Magie unseres magischen Steins funktioniert immer und überall."

„Oh ja!", quiekte Herkules hoffnungsvoll. „Die Idee des Tages! Lasst uns den Stein nehmen und von hier verschwinden! Was meint ihr, wie dumm die beiden aus der Wäsche gucken, wenn sie nachher zurückkommen und nur die leere, verschlossene Zelle vorfinden?"

„Wir dürfen nicht einfach abhauen", widersprach Maya. „Dann könnte Maldorius wie geplant diese geheimnisvollen Xirit-Steine ausgraben und möglicherweise tatsächlich neue Juwelen der Macht herstellen. Wenn ihm das gelänge und er sich zum Kaiser der Welt aufschwänge, würde der Verlauf der ganzen Geschichte verändert – bis in unsere Zeit! Wir kämen dann zwar vielleicht nach Hause, in die Gegenwart zurück, aber in eine Welt, in der die Menschen von einem Unhold namens Maldorius regiert würden!"

„Scheußliche Vorstellung", gab Jan schaudernd zu. „Aber was können wir sonst unternehmen? Das Schloss unserer Zelle ist stabil, ebenso die Gitterstäbe. Von den Steinwänden gar nicht zu reden ..."

„Wenn es bloß heller wäre", murmelte Maya. „Dann könnten wir uns umsehen, ob nicht in der Zelle etwas herumliegt, das uns weiterhilft.

„Hey! Hey, Leute!", rief Herkules plötzlich. „Was wärt ihr ohne mich? Wie der Zufall es will, habe ich vorhin, im Minengebäude, ein paar Kerzen eingesteckt. Wenn Jan auch die Streichhölzer mitgenommen hat, können wir …"

„Klar habe ich die mitgenommen", unterbrach ihn Jan begeistert. „Mensch, wenn das stimmt, verzeihe ich dir sogar, dass du Maldorius unsere Namen verpetzt hast!"

„Natürlich stimmt das", entgegnete Herkules von Mayas Rücken. Man hörte, wie das Stoffnilpferd seinen Reißverschluss aufzog. Dann ertönte seine Stimme erneut. „Da habt ihr sie!"

Jan griff ins Dunkel und bekam fünf längliche Gegenstände zu fassen, aus deren oberen Enden lange Kordeln hingen. Er fummelte die Streichholz-

schachtel aus der Tasche und riss ein Hölzchen an.

Als es zischend aufflammte und er erkannte, was Herkules ihm gegeben hatte, stieß er ein erschrockenes Keuchen aus. Sofort blies er das Streichholz wieder aus.

„Was ist denn?", wollte Maya überrascht wissen. „Wieso machst du die Kerzen nicht an?"

„Weil … weil das keine Kerzen *sind*", entgegnete Jan mit heiserer Stimme. „Auf den Stangen steht etwas geschrieben … und sie sind auch nicht aus Wachs!"

„Quatsch!", meldete sich Herkules. „Was soll es denn sonst sein, wenn nicht Kerzen?"

Jan musste schlucken, bevor er antwortete.

„Da steht drauf … *DYNAMIT!*"

Feuerwerk

„Dynamit? Ehrlich?“ Für einen kurzen Moment versagte auch Maya die Stimme. „Herkules, weißt du, in was für eine Gefahr du uns gebracht hast? Dynamit ist hochexplosiv – damit sprengt man sich durch härteste Gesteinsschichten, wenn man mit Spitzhacken nicht weiterkommt.“

„D-dynamit?“, vergewisserte sich Herkules ungläubig. „Du meinst, ich bin die ganze Zeit mit einer Ladung *Sprengstoff* im Bauch herumgelaufen?“ Er stieß ein leises Seufzen aus, dann sank er schlaff in seinen Gurten an Mayas Rücken zusammen.

„Er ist ohnmächtig geworden“, stellte Maya fest.

„Dann hält er wenigstens für eine Weile den Mund", entgegnete Jan, der sich mit den Dynamitstangen in seiner Hand alles andere als wohl fühlte. „Du, Maya? Mir kommt da eine Idee, was wir unternehmen könnten …"

„Wenn du das Dynamit meinst – vergiss es!", entgegnete Maya schnell. „Selbst wenn du nur eine einzelne Stange anzündest, um das Gitter unserer Zelle aufzusprengen, jagst du immer noch den ganzen Raum in die Luft. Die restlichen vier Stangen würden dann ebenfalls hochgehen, und das könnte einen Großteil der Mine zum Einsturz bringen …"

„Aber davon spreche ich doch!", unterbrach Jan sie aufgeregt.

„Wie bitte? Davon, dass du den Berg in die Luft sprengen willst?"

„Nicht unbedingt den Berg, aber zumindest *diesen Raum* hier! Sieh mal: Maldorius hat die Krone des Cäsar dort auf dem Schreibtisch liegen lassen. Wenn wir hier eine Explosion auslösen könnten, würde der zauberkräftige Edelstein unter Tausenden Tonnen Schutt begraben werden – für immer, auf Nimmerwiedersehen! Da schwarze Magie hier nicht wirkt, käme Maldorius niemals wieder dran. Und dann könnte ihm Pontus noch so viel Xirit ausbuddeln – ohne einen echten Stein mit magischen Kräften kann er keine weiteren herstellen!"

Maya überlegte. „Die Idee ist nicht schlecht – sie hat nur einen klitzekleinen Haken: Wenn wir hier, in dieser Zelle, das Dynamit zünden, fliegen *wir* mit in die Luft. Oder hast du vergessen, dass wir hier nicht rauskönnen?"

„Klar können wir hier raus", entgegnete Jan, und an seiner Stimme erkannte Maya, dass er im Dunkeln grinste. „Der Schlüssel zur Freiheit befindet sich im Bauch eines ohnmächtigen Stoffnilpferds direkt auf deinem Rücken!"

„Aber wie soll denn …" Plötzlich begriff Maya, was Jan meinte. „Das ist genial", flüsterte sie. Sofort machte sie sich an Herkules' Reißverschluss zu schaffen.

„Sobald ich das Streichholz an die erste Zündschnur halte, muss alles sehr schnell gehen", erklärte Jan, während Maya die Kette mit dem magischen Stein hervorholte. „Es geht um Sekunden. Wenn der Stein nur einen Augenblick zu lange braucht, um uns fortzuzaubern – dann gute Nacht!"

Maya klimperte mit der Kette und wollte sie Jan reichen.

„Das musst du machen", widersprach er. „Ich brauche beide Hände für die Streichhölzer. Bist du bereit?"

„Ja!"

„Dann los! *Theoretisch* müsste es klappen: Die Zündschnüre sind ausreichend lang …"

Ein Streichholz flammte auf. In seinem Schein erkannte Maya, dass Jan die Dynamitstangen dicht nebeneinander zwischen die Stäbe der Gittertür geklemmt hatte. Er senkte die Hand mit dem Hölzchen …

Funkensprühend erwachte die Zündschnur der ersten Stange zum Leben!

„Rasch jetzt! Den Stein!"

Blitzschnell zog sich Maya die Kette mit dem magischen Stein über den Kopf und ergriff Jans Hand.

Zischend fraß sich die Flamme auf die Dynamitstange zu …

Sie warteten.

Nichts geschah!

„Wieso dauert das so lange?", rief Maya entsetzt.

„Keine Ahnung – vielleicht war der Stein noch nicht ganz aufgeladen …?"

„Unsinn, er hatte doch eine ganze Nacht Zeit!"

Funken stoben. Die Hälfte der Zündschnur war abgebrannt!

Da begann der Stein an Mayas Brust plötzlich in rotem Licht zu erglühen. In trägen Wellen schwappte das marmeladefarbene Leuchten aus dem Amulett und erhellte nach und nach die ganze Zelle.

„Na los doch!", keuchte Jan atemlos.

„Es reicht nicht!", wimmerte Maya entsetzt. Nur noch ein Fingerbreit Zündschnur war zwischen der Flamme und dem Dynamit übrig! Unwillkürlich hielten sie sich die Ohren zu.

Das rote Leuchten wallte ein letztes Mal auf.

Die Zündschnur zischte.

Die Umrisse des Raumes um Maya und Jan verschwammen …

… und dann, von einem Moment auf den anderen, spürten sie weiches Gras unter sich! Ein milder Windhauch strich über ihre Gesichter. Als sie die Augen öffneten, erkannten sie über ihren Köpfen einen dreieckigen Himmelsausschnitt mit einer strahlenden Sonne darin.

„Wir … haben es geschafft", flüsterte Maya.

Alles beim Alten – Gott sei Dank!

„Und du kennst ganz gewiss niemanden namens Maldorius, der sich irgendwo auf der Welt zum Herrscher aufgeschwungen hat?", erkundigte sich Jan schätzungsweise zum zehnten Mal, seit er an Mayas Seite auf dem gemütlichen Plüschsofa seines Großvaters Platz genommen hatte.

Herr Yorick schüttelte schätzungsweise zum zehnten Mal seinen runden Kopf und lächelte. „Nein. Weder heute noch irgendwann sonst in der Weltgeschichte. Noch einen Tee?"

Maya und Jan nickten dankbar und streckten dem alten Herrn ihre Tassen entgegen. Ihnen war klar, dass Herr Yorick wie stets der Ansicht war, sie hätten ihm gerade eine frei erfundene Fantasiegeschichte aufgetischt. Auch ihre Besorgnis hinsichtlich Maldorius empfand er offenbar als sehr belustigend. Aber all das war ihnen egal. Wichtig war nur, dass sie die bösen Absichten des Schwarzmagiers vereitelt hatten.

Maya nahm einen Schluck aus ihrer Tasse und betrachtete zufrieden Herkules, der stumm und bewegungslos zwischen ihnen auf dem Sofa lag. „Es war wie bei unserem ersten Abenteuer im Heiligen Tempel von Atlantis", erinnerte sie Jan. „Ohne Herkules wären wir im entscheidenden Moment aufgeschmissen gewesen."

„Ohne *wen?*", fragte Jan und tat überrascht. Er folgte ihrem Blick zu dem Stoffnilpferd, dann nickte er. „Ach so. Du meinst *Hubertus*. Ja, Hubertus das Nilpferd hat uns tatsächlich wieder aus der Patsche geholfen – auch wenn er die letzten Sekunden unserer Flucht gar nicht mehr mitbekommen hat." Er nahm einen Schluck Tee und grinste in die Runde.

Maya und Großvater Yorick grinsten zurück – wenngleich aus ganz unterschiedlichen Gründen …